하닥Hadag

하닥 Hadag

—

초판 1쇄 2017년 3월 31일
지은이 이화우
펴낸이 김영재
펴낸곳 책만드는집

—

주소 서울 마포구 양화로3길 99 4층 (04022)
전화 3142-1585·6
팩스 336-8908
전자우편 chaekjip@naver.com
출판등록 1994년 1월 13일 제10-927호

* 이 시집은 2015년 한국문화예술위원회 아르코문학창작기금을 지원받아 발간하였습니다.

—

ISBN 978-89-7944-609-8 (04810)
ISBN 978-89-7944-354-7 (세트)

책 만 드 는 집 시 인 선 0 9 1

# 하닥 Hadag

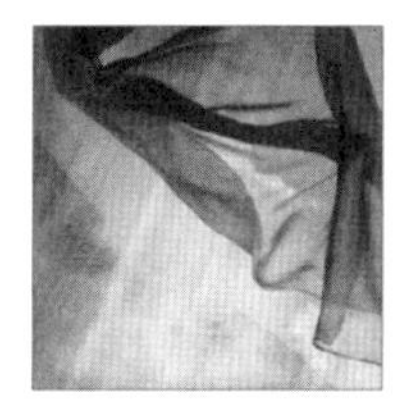

이화우 시집

책만드는집

## | 시인의 말 |

지구가 인간만을 위해 존재하는 것이 아니듯
詩도 시인의 전유물이 아닐 것이다.
말과 소리와 여백으로 이루어진 詩가
아주 멀리 있을 때도 있고
주위에서 배회할 때도 있을 것이라는 막연함만 남는다.
누군가 주워서 기쁘고, 슬프다면
돌아서도 좋으리라.

2017년 3월

이화우

| 차례 |

## 2부 지그시 눌린 하늘이

## 3부 황톳빛 아린 사연

## 4부 인적 없는 바람으로

## 5부 물을 말 되짚어보는

## 6부 저곳으로 들어가는 이쪽의 말

# 1부

## 영혼 밖의 영혼

# 움돋이

그래도,

차마

이승을 두고 못 떠나는

영혼 밖의 영혼이 또 거기 있었던가

아직도 흔들지 못한

한 줌 사랑

남았던가

# 그 방

이제 조금 알겠네,

낮게만 내리는 비

거슬러 가는 것은 자궁을 만지는 일

입가에 늦은 저녁이 둥글게 말려 있네

타닥－타닥 남아 있는 아궁이 속 붉은 소리

책처럼 엎드려서 응고된 귀를 열고

얼룩은 길처럼 굳어 꾸들꾸들

잠기네

# 오가리 느티나무

한 왕조를 사는 것도 어려울 것 하나 없네

그 곁에 누워보면 움 돋는 전두엽들

당산에 기우는 소리 천천히 가려듣네

# 봄날, 백률사에서 이차돈을 생각다

불구내弗矩內,
하늘에 닿는
사소娑蘇의 목젖 좀 보아

닭 울음이 서라벌에 상서롭게
울리더니

천년, 또
훌쩍 지나고
흰 피 섞인 꽃비 내린다

차르르, 감겼다가 풀리는 피안인가

꽃 받는 저 어깨에
금강도 엇비치고

반야로
서둘러 가는 길섶이 다 환하다

# 봄

꽃 한 다발 사가지고 마음 얻으러 왔더니만 문 열린 방 안에는 그늘만 남았습니다

꽃상여 눈물로 띄운 배 한 척 지나갑니다

# 동백

뚝
떨어진 꽃잎 비벼 망망하게 살 닿이면

무정형 죽음이란 이런 것 같아

섬뜩하다

헝클진 부름이 가진
미끈한 저 흡착력

벌이나 나비쯤은 대수롭지 않다는 듯

그나마 맨발로 달려드는 바람이나

향내를 훔쳐 달아난 아비의 그림자도

주저앉은 모퉁이에 일순간 벌어진 입

투명한 관절이 꺾여 비명마저 가져가는

까끌한 눈물의 솜털
핥아 먹는 붉은 저녁

# 빙벽, 3월

물의 뼈를 두근거리며 안아본 적 있었다

소리를 들어 올려 단단히 나열하던

바람의 굵고 억센 손도 흔들림은 두려웠다

직립은 투사의 영혼처럼 투명하고

뜨거운 갈증으로 차가운 잠도 깨웠으나

격랑은 수평의 법을 이길 수는 없었다

스스로 단애를 삼켜 길을 이미 버렸으니

끊어진 그 어디서 해인海人을 묻곤 한다

때늦은 성긴 눈발이 조문하듯 내린다

## 문상問喪

산 하나 걸어놓고

잠깐씩 다녀왔다

핏자국은 사라지고 늘어진 다리 두엇

해종일 헤맨 흔적만 겨우 남아 쟁쟁거렸다

흰빛 조각들이 가뭇가뭇 말려 있고

걸터앉은 은밀함이 다른 손을 흔들었다

지나간, 초조함이 남아

이마를

스칠 것이다

# 바지랑대를 갈다

늙어서 놓여나는 고비사막 낙타는
쓸쓸하게 보여주던 등을 안고 떠나갔다
극진히 해를 지던 너도 이제는 놓아주마

코뚜레를 꿰는 날 그해 막 해를 채운
순하게 푸름에 취한 대나무를 베어 끌고
희뜩이 젖은 눈 떼어 바람 앞에 건넨다

누구를 위하여 휘어지게 지던 짐이
바람으로 우려져 어떤 날은 가벼웠고
넉넉히 부린 마당은 품이 넓어 좋았다

이제는 제 몸도 지탱하기 버거운지
놓아도 멀리 못 간 퇴행성 관절들이
마지막 공양을 드리는지 그림자가 기웃하다

# 페로몬에 관한 기억

–시

꽃 속
나비 두 마리

각각이 안달이다

나의 언어는
밤꽃 가루

은유의 꽃술을 달고

무시로
스치는 휘발

깊은 샘을 유혹한다

## 컬러링

귀로 듣는 애무는
이렇게 감미로운가

꽃으로 가려놓고
말을 막는 저 四分閤

알몸은

절
벽
을 잡고

閨房 앞에 서 있다

# 내비게이션

무림의 고수들이 모두 떠난
달마산에

계림이다 황산이다 각각이
분분한데

꽃물 든 도로명주소는 접속 불가
면벽수행
중

# 부음

꾸덕꾸덕 말라가던 화사한 봄나물처럼

보리밭을 빠져나온 바람 같은 부음 속에는

아려도 천천히 느린 가시들이 물컹하다

오랜 흔적 빗살도 더는 못 긋는 가시

파죽지세 몰아치던 먹물도 엷어진 가시

이제는 속살을 에는 소름도 다 사라진 가시

마르고 뒤틀린 듯 올곡하게 다녀감이

슬픔이 독 안에서 제 울음을 확인하듯

걸어온 문양만큼이나 돌아갈 길 아득하다

# 치술령에서

생각의 문을 여는 지명 하나 달랑 메고
촉지도 읽어가듯 더듬더듬 그 산에 들면
매운 넋 바위에 들어 한 세월을 잊더구나

목숨이 의연하면 바다도 출렁이나
가으내 눈이 붉어 숙연해진 산자락
구절초 꽃등을 달고 조문하듯 엎드리고…

민달팽이 한 쌍이 도반이듯 길을 가다
물끄러미 바라보는 저 너머 니르바나
미물도 그 길을 아는가 말을 하라, 바위여

# 2부

## 지그시 눌린 하늘이

## 화접花蝶

가뭄 끝에 등이 휜

오래 늙은

저, 개나리

구천의

거리를 놓고

제법 비를 맞았네

예닐곱

줄지은 등짐

그 무게로 이제

가네

# 무위사

한잠 자고 나면 동백은 지고 있겠지

후드득 후렴처럼 해는 이미 넘어가고

일 없는 현수막 같던 집이 간간 펄럭인다

일찍 지는 꽃 사이로 서럽게 울던 새가

증발하는 향기를 산그늘에 덧댄 하루

담백한 산벚나무가 여백으로 들앉는다

# 하닥Hadag*

세상의 눈물은 다 가져와 말릴 듯이
돌아 나간 바람들은 돌 위에 놓아두고
나부시 맑은 눈들을 하늘에나 새깁니다

제 몸에 달고 있는 먼 미래를 가려내어
물가의 의식인 양 재앙이 머물지 않게
유언은 오래 나부끼다 해진 손을 잡습니다

돌아오지 못한 것이 깊고 또 오래되어
푸르른 하늘만큼 거리를 품을망정
명줄을 아리게 당겨 저물도록 흔듭니다

* 몽골인들이 각종 의식 때 사용하는 푸른 비단 천.

# 반성

고삐를
밀어 내려
안간힘을
다
쏟다가

먼 산 위에
나를 보며
흩어지는
구름을
보네

지그시
눌린 하늘이
바람을
툭, 툭,
치네

## 씨

모든 씨가 작다는

말

농부에게 들었다

뿌리기도
묻기도
간수하기도 쉽다고*

그 말을

다
듣고 나서

말을 줄여 나갔다

* 전우익 『혼자만 잘 살믄 무슨 재민겨』에서 가져왔다.

# 名 혹은 命

바위에 짓눌려서 옴짝 않는 생각 하나
뒤집으면 입이 되어 이내 멀리 가고 있네
천 개의 화덕에 얹힌 비곗살이 익을 즈음
용안사 석정 위에 하나를 올려놓고
서둘러 비우고 돌아 나온 길섶에는
짓이긴 입들이 모여 강 하나를 또 비우네

# 선경仙境

봄물은 산 밖으로 가는 것이 제, 일인 듯

세 평 하늘 돌고 돌아 손님처럼 오는 기차*

굉음도 시계추 만지듯 곰곰 세는 것일까

기다림의 정수리에 이미 오른 노부부는

긴 사래 앞에 놓고 다른 꿈을 보았는지

저 멀리 손 흔드는 것도 일만큼 야무지다

안內에서야 의례로 흔들던 행위지만

기차도 기찻길도 봄꽃처럼 짧고 짧다

범나비 부전나비가 되고도 없이 날아간다

* 봉화 협곡 열차. 철암역에서 분천역을 왕복하는 V train.

## 돌의 노래

눈으로 더듬던 흔적들을 묻을 듯이

빛 없이 남겨진 처절한 저 웅크림

무시로 드나들던 그대 그 위에 귀를 대다

벽이, 벽을 보고 거두어 간 말들이며

등이, 등을 돌려 가늠 못 할 거리까지

돌아선 그 손들 잡아 고삐 넌짓 던진다

몸 열어 붉게 우는 심장 하나 움켜쥐고

이승에 남아 있을 마지막 변주가로

적소의 한 자락 끝에 추를 깊이 내린다

# 대나무 잎이 떤다

가늘게 대나무가 파르르 잎을 떤다

아픈 몸 끌고 와서 앉은 햇살 만지는

그 손끝 너머 보이는 끓어오른 몸을 본다

서걱이는 소리들을 오래도록 되씹다가

다 비워 스스로 아득하게 우는 공명

발품에 되돌려주니 그런 고요가 찾아온다

푸른 잎이 누렇게 말을 걸어오는 동안

무디게 배척했을 눈과 귀를 생각한다

차가운 타일에 내민 그의 발을 생각한다

# 성읍리 멀구슬나무

저마다 다투던 꽃
이울다 지나는 봄

가냘피 낙하하는
돌담 위 꽃잎 몇 장

자청빛 짙은 가락을
밤새도록 늘어놓네

돌아온 막내인 양
사분대다 기웃대다

에둘러 떠나가는
울음 거둔 적막 위에

누구도, 더는 못 기다릴
절뚝절뚝 가는 봄날

## 물에는 소리가 없다

우리가 흔히 말하는
물에는 소리가 없다
새벽녘 냇가에서 듣는 소리, 저 소리는
돌들이 물을 향하여
항거하는 절규다
거리를 꽉 메운
느닷없는 인파 속에서
흐린 잔상만큼 떠밀린 거리만큼
소리를 질끈 매달고
나는 다만 함묵할 뿐…
물들이 끌고 가는
복사꽃 짙은 그늘
아득한 깊이로 깎이고 뒤섞이듯
건너온 보도블록 같은
저 물에는 소리가 없다

# 밥

밥 한 끼 먹고 싶다
몸 이끄는 그곳에서

귀가 늦은 오후 햇살 산등에 걸려 있고

장맛이 냄비 둘레에
놀처럼 둘린
밥상

세상살이 얹힌 눈물 찬인 듯 오래 묵어

먹먹한 마음까지
절여놓은
밥상 앞에

두 무릎 해진 시간을
다문다문

깁고
싶다

## 자화상
–솟대

말을 삼킨
새가,
아득하게
날아갔다

가슴에는
귀를
열어
소리를
기다릴 뿐

더 이상
팽창이 없는
거리를
물고 섰다

## 멸치 젓갈

소금기 가시지 않은 날 선 모래를 씹듯
마지막 붉은 속살 퍼덕이는 꼬리를 잡고
김 씨는 쌀밥 한 그릇을 혼자서 씹고 있다

일상의 얼룩처럼 자주 보인 비늘들
미천함은 저린 후에 간신히 오르는 듯
저 오랜 저항은 단지 슬픔에만 기댔는가

그래 혀가 먹이를 거부하는 역설을 듣듯
맵고 짠 한 끼의 세상 그 밥상을 읽어가듯
속내 다 드러낸 시간을 오래도록 씹고 있다

# 3부

## 황톳빛 아린 사연

# 라캉*과의 대화

첫사랑,

아직도
입술에 남아 있는

무심히
끌어당기는

새벽녘 이불 같은

가을 논

눈길을 넘듯
걸어가신

아버지

* 자크 라캉. 프랑스 구조주의 철학자.

# 비가悲歌

내 몸이 사라지는 소리를 보았나요

건너편 나뭇잎이 소란스레 단풍 들 때
둥글게 웅크린 뼈가 구르는 걸 보았나요

소리가 들어오고 빠져나간 이력들은
딱딱한 시간 위에 고스란히 남아서
뭉개진 허공 사이로 처연히 흩어지는데

당신이 남아 있는 소리를 들었나요

빼앗기지 않으려고 내가 건넨 말랑한 말
체액이 바싹거리며 이내 굳는 소리를요

# 7월 미루나무

아버지는 고대古代를 사시다 가셨다

7월 아침, 미루나무 한 그루에 스치는 바람

그렇게 머물다 말다 홀연히 떠나셨다

어머니는 그 풍경을 종종 말씀하시다

중천의 해를 향해 호미를 던지셨다

밑동에 광목 조각이 햇살 아래 반짝였다

내 무릎에 엇비친 황톳빛 아린 사연

사래 긴 콩밭 둑에 축 처진 쇠비름이

속나기 흠씬 맞고서 뜬금없이 고개 드는

# 2시 30분의 시

손끝으로
머리로
때로는
가슴으로

주술적인
노래 속에
박제가 된
백색 두개골

모두
다
사르고 싶은
사풍맞은
호모사피엔스

# 비를 보다

-아내에게

다 젖은 어깨는 잊은 듯 밖에 두고
손 꼭 잡은 우산 속의 연인들을 보았어요
신호등 불빛도 느린 비가 곱게 내리는 날

흔한 세상 저마다 배경처럼 지나가고
젖지 않은 어깨를 서로에게 내어주듯
한쪽씩 나누어 가진 둘레로 퍼진 온기

부부처럼 따라다니는 말들의 조각들을
불빛 아래 비춰 보고 다시 닦아 넣습니다
저만치 퍼진 향기가 꽃물인 듯 번집니다

## 아이와 아유무*

진부한 교과서엔
너희들은 없다더라
수많은 세월 속에 감추어진 상상의 말
어쩌면 우월감에 빠진
잘못 겨눈 손가락

숲 속에서 걸어 나온
그 세월을 묻는다면
네 이름을 불러보러 현해탄을 건너라고
이마저 아니라 하면
첨탑 넘어 별을 헤렴

모든 것을 위탁받고
모든 것을 호령해도
별 속에서 왔다 가는 시간들을 어찌하랴
그 시간 또 그 시간 넘어
생명의 강 어찌하랴

* 일본 교토대학 영장류연구소에 있는, 공부하는 침팬지 모녀의 이름. 인간만이 할 수 있다고 자부해온 것들 중 많은 일들을 다른 동물도 실행할 수 있다는 사실이 밝혀지고 있다. 최근 진화론을 우리 과학 교과서에서 제외하자는 주장이 있었다.

# 도끼

어떻게
받아 안을 것인가, 저 빛을

날것이 날것을 먹여 연명하던 날들이여

가까운 너를 들고서
춤이라도 출
것인가

후미진
어느 골목 녹이 슨, 그대여

잊고 지낸 오랜 삶을 부끄럽게 내어놓고

멀리 간
저 아버지를

아득하게 부른다

# 화분

빰 한 대 후려치는
섬광 같은 밝은 어둠

늦은 오후
퐁피두센터

커다란 금색 화분

동짓날
토함산 중턱

석가여래 백호처럼

# 감자를 깎다가

감자를 깎다가 문득 본 감자의 눈
가장 먼저 할 일은 저 눈을 감기는 것
고통을 느끼지 않게 예리하게 칼을 댄다

양을 잡을 때는 바람 없는 곳에서
단시간에 보내주는 유목민을 본 적 있다
핏물과 고통을 줄이는 오랜 관습 본 적 있다

내 몸에 들어오는 그들의 아린 자유自由
거룩하게 받아들이려 오랜 관습 따라 한다
승자의 눈을 버리고 그 눈들을 내게 단다

# 자명종

한 점으로 날아간
풍선 속
공기 방울

고고학자의 돌처럼
앉아서 꽃이 피네

복수초
둥근 가슴을
열어놓고 떠나네

# 찔레꽃 필 때

아주아주 먼 길을
온 것 같아서 찔레꽃

모락모락 피어나는 논두렁을 가던 생각

입속에
가득한 허기
봄
햇살은 번지는데

동무 생각 풀이 돋듯
한 가닥 가는 물줄기

가시의 그 순한 맛도 삭아서 아스라한

뻐꾸기
울음을 타고

그 산과 들을
넘어
가네

# 군상

–2009, 버스가 남긴 콜라주

오늘도 소실점은 밖으로 숨었는가

분주한 발걸음들 구도를 쫓아가네

새벽의 긴 호흡들이 쉴 새 없이 따라가네

누군가 구토하듯 일시에 뱉은 길들은

캔버스의 햇살처럼 눈부시고 난해하다

반전을 꿈꾸는 새는 또, 어눌하게 비행하고

훔친 불을 호호 불며, 하늘까지 올라가서

오히려 장작이듯 던져 넣고 돌아가는

보아라, 눈 감은 저 행위

아, 거룩한 춤사위를

## 택배
**–고향 집**

울도 담도 아예 없는 하오 3시 집 마당을 적막도 구불구불 외떨어져 엎드리고

뭉긋이 도랑물 따라
열매 한참 익을 동안

모든 말 목청에서 저마다 가랑대다 어물어물 흐려지는 화폭 속의 물비린내

흙먼지 회오리 감는
바람 먼저 자리를 뜨고

주소도 이정표도 여기서는 더 난감한 아는 대로 느낀 대로 사흘쯤 머물다 가도

좀처럼 웅크린 등을
펴지 않는 저 고요

# 4부

# 인적 없는 바람으로

# 고도를 기다리며*

비스듬히 누워서 〈전국노래자랑〉을 본다

비어 있는 냄비 속으로 스멀스멀 기는

두, 발

엇비친 머리를 스치고 건너가는 햇빛 한 줌

* 사뮈엘 베케트의 작품.

# 길

길의 그림자를 시간이라 하면 안 되나

비루한 어제가 굴러 내린 내일을

누군가 내 몸속으로 밀어놓고 돌아서네

두터운 두려움을 길이라 하면 안 되나

정수리로 올라가 배꼽처럼 뛰는 헛꽃

저 오랜 고삐들 슬쩍 당겨놓고 가면 안 되나

천화대가 보이는 설악산 암릉 근처

펼쳐진 형벌처럼 한 편의 시를 위한 길*

경쾌한 하켄Haken** 소리를 시간이라 하면 안 되나

* 한편의 시를 위한 길 : 산악 시인 김기섭이 개척한 설악산 암릉 길.
** 등반에서, 바위틈이나 빙벽에 박는 쇠못.

# 민둥산 가을

흘린 말들을 여기서 주워 담네

서늘한 그늘 찾아 오 억 평원 넘었다는

날刀 같은 서걱거림을 뱉어내는 구릉의 말

햇볕도 때로는 침針 같이 끓어올라

낱낱의 기록들을 이 가을에 넣어두고

희디흰 날개를 접고 뒤편으로 기우네

바람이 없었다면 명줄마저 희미해져

그래, 작은 알몸으로 세상을 뒤흔드는

지독한 산국山菊 향들도 고이 받아 마시네

# 첫서리

순례인 듯
겨를 없이 첫서리가 내린 아침
해묵은 기약들은 통점 앞에 머문다 애수哀愁가 저들을 다시 불러들일 수 있을 것인가

늦도록
단잠을 느끼지도 못한 사이
내 발길에 놀란 새가 다시 또 날아가고 품었던 설익은 말이 빠알가니 젖었다

담장 밖에 있던 것들
안으로 들여놓고
처마를 비껴가는 해를 꽁꽁 묶어놓았다 동그란 보금자리가 종일토록 울었다

# 창

불빛이 나오는 그곳에 너는 있다

방향을 가늠할 도구도 한 점 없고

앞세운 긴 그림자가 저만치 돌아보는

경계를 허물면 투명하게 보일 것 같은

헐겁게 스며드는 목을 뺀 기다림

간절히 부둥켜안고 사투리처럼 살았다

내 안의 너무 큰 어둠 깊은 갈림길

가끔 누군가 걸어가도 기척이 없는

불빛이 간절한 곳에 앙다문 네가 있다

# 원탕*

유리문 그 사이로
노인 몇 지나가고
지나온 나신은 부끄러운 실루엣
다 벗은 알몸 몇 닢을 수증기가 감싼다

조금 전 물소리에 영성을 내려 받듯
감독도 주연배우도 둔부가 흔들리고
다 낡은 영상을 돌리는 김이 서린 거울 몇 장

가장 깊은 곳에서 길러 온 두레박줄
둥근 탕 적당한 둘레 모두가 나온 그곳
잘잘한 물살을 치며
연어 꼬리 지나간다

* 경북 울진군 봉면 덕구리 소재 유황 온천 대중탕.

# 자작나무

축제가 한창인 그런 날을 멀리하고

안개는 자지러져 숨어들던 길 위에는

그 소리

자작임조차 이명 밖에 들리더니

늦가을 얇은 옷이 누옥인 양 가벼운데

자작자작 타고 남은 소리라도 듣는다면

가지 위

획을 가르는 눈발 되레 따습거늘

독배가 출렁대던 그 속俗을 내려놓고

꺾이는 생가지들을 멀리서 바라보다

한 마리,

울음소리로 높은 하늘 부른다

## 백자 달항아리

어머니가 잠시 비운 하오 2시

만 평 마당

꽉 들어찬 햇살 천석, 살짝 들어 건너가면

화들짝
놀란 구름을 줍고 있는 구천 하늘

## 하루살이

나는 지금 편도 4차선 도로를 질주한다

속도는 이미 한계치를 넘어섰다

빛으로 하얗게 퍼진 동공 속에 길이 있다

질주는 빛의 성을 지키기 위한 수단이다

누군가 팽팽히 당겨놓은 길을 따라

일탈도 그 속에서는 주검처럼 누워 있다

삶은 박제가 아닌 뒤섞인 울음이다

빛 속으로 머리를 박는 저 막막한 행위들

하루를 애써 지키고 간 거역 못 할 굴레다

# CCTV

네가 늘
본 것은 깊숙한 나의 등

윤간한 나의 얼굴을 한 번도 본 적 없는

그러나 다 보았다고
생떼를 쓰곤 했지

나는 늘
얼굴에 붙어 다니는 등을 보다

오랜 상상으로
놓아두던 등을 보다

등마저 사라진 것을 오래도록 잊고 있었다

내가 본

웅크린 익숙한 나의 얼굴

소리 질러 충혈된
네 눈앞에 놓아도 보고

거세된 나의 알몸을 유령처럼 놓아도 보고

# 망원경은 별만 보는 것이 아니다

다리가 보고 싶어 망원경을 하나 샀다

멀리 있어
흐린 날은 보이지 않던 다리

별빛이 건너다니는
자궁 아래
긴 다리

## 들국화

간밤에 걷어찬 대수롭지 않은 생각
그늘 한곳,
머물다 떠난 햇볕을 따라가네

작다란
웅크림 속에
지워 없앨 봄이 있네

누구는 환한 말로 하루를 밀어놓고
또 누구는
슬쩍 가네 인적 없는 바람으로

길 끝에
여린 것들이
막고 섰는 이 아침

# 신두리 해당화

–이미자풍으로

신두리 어귀에는
해당화가 한창입니다

허공을 베어 문
어지러운 낙화, 낙화

마지막 곱다운 말씀
필두화筆頭花로 환합니다

홀연히 찾아왔던 선분홍빛 노래이거나
정분 뒤 헝클어진 아련한 아픔이거나
마을을 다 적셔오는 상엿소리 후렴이거나

묵은 사연 하 사연도
가락에나 기울듯이

어젯밤 해조음에

오방지게 젖고 젖어

신두리 둘레길 따라
지청구로 흐릅니다

# 마음으로 읽다

여섯 살 난 딸아이가
글자 연습 하느라
제 어미가 읽다 만 『천수경』을 또박이다,

소리를 내지 않을 때는
마음으로 읽는단다

서로가 멀어져서
미명을 밝히는 별
빛의 길 찾아오는 마음 먼저 열고서야

비로소 한 우주 속에
마주할 수 있을까

곱새기고 곱새기다
두 눈을 바라보니
눈망울이 경전처럼 빛나고 있었다

나 또한 너를 읽다가
마음으로
읽다가…

# 이국에서

더디 오는 어스름
일찍 누운 창 넘어서
눈물에 젖어 있는
노랫소리 들려오네
누이가 보채던 저녁
어린 마음 끌고 오네
독주 잔 넘긴 목젖
얼얼한 뜨거움에
젖은 음 쓸고 가는
아득한 흔들림이여
미동도 살갗에 닿아
길항 걷는 시간이여
가려진 커튼 사이
하늘에는 별이 떠도
차마 열지 못할
고요의 두려움이
명치로 건반 소리로,
자꾸만 파고드네

# 5부

## 물을 말 되짚어보는

## 29

4년 동안

모아온

적금 같은 것이지요

태양 빛이 찬란하여

달을 미처 못 본 사이

우르르

밀려 나가는

골 깊은

情－의－死灰

# 오월 무렵

햇살도
이쯤이면
친할 대로 친해지고

연두는 또, 연두대로 뒤쪽을 바라보는

한 마장
더 걸어가면
단내 나는 우물 어귀

붉은 꽃
떨어내던
꽃가지 저 어디메쯤

파르르 몸을 떨며 침잠하는 그늘에게

물을 말

되짚어보는

입술 자리 그, 자리

# 담쟁이 1
## -봄

담쟁이가
붙은 벽에

햇살이
내려오면

고단한 걸음걸음
걸어간 어제가

또다시
미디어처럼
거짓말처럼
붙어 있네

숱한 길, 벽을 뚫는
알싸한 혀 놀림에

선동하듯고함치는칙칙한흑백화면
오늘도집단히스테리영토를다삼킨다

# 담쟁이 2

–여름

무수한
판박이로

찍어낸
거짓 웃음

장단에 겨운 마당
가면도
겉허울도,

아찔한 자충이 되는
속앓이로 돌아오는

먼길가다되돌림은집이있기때문이다
집한채파괴못한오늘의응어리가
조금씩바람에젖어풍장앞에몸을떤다

# 담쟁이 3
## -가을

눈 막히고
귀 막혀도

저문 날
바다 위에

한 색상 붉음처럼
심장 또한 물이 들어
손가락가리키는곳보색잔상*푸른하늘
한벽에올라서서또한벽을부여잡고
아리도록핏물괸손을잠시놓습니다
갓열린조각배길을격랑에서건집니다

* 어떤 색을 뚫어지게 바라보다가 갑자기 다른 곳으로 눈을 옮겼을 때, 먼저 보던 색의 보색이 잔상으로 나타나는 현상.

# 담쟁이 4
### - 겨울

높이가
높으면

그림자는
더욱 길듯

막막한수직평면면면히뻗은혈족
포근한나무와여인*바람을마주한다
누우면못일어날현기증이도는세상
아파라가지한쪽도알고보면생살인데
찬바람먹구름섞어눈이라도내렸으면

* 박수근의 그림.

# 담쟁이 5

–다시 봄

밝은
햇빛
움켜잡고
싹을내는밝은응달
숙연히마주치는경이같은풍경이
자꾸만부조리같아시계소리쪼아본다
한집건너이웃들이수직으로살아가는
회색너울설왕설래골깊은그곳에도
누군가자침을놓네길을찾는사람있네

# 종로 1번지

-2012, 겨울

모두 다 어디로 갔는지
막혀 있다
거리에는 사이보그 현란하게 춤을 추고
육체를
빨아들이는
혓바닥만 날름댄다

이 거리의 주인은 몇몇 노숙인과
흘리고 간 욕설과
때 묻은 발자국들
다 낡은
이념을 뿌리도 죄인처럼 누웠다

튼튼한 사각 벽의 갑옷 같은 집들이
완강하게 밀어내는
동질 이상 풀씨 하나
무참히 눈발은 다시 은어들을
밟고 간다

# 상床

멍에를 거부하며

삥삥 돌던 일소가

이탈한 문자들을 황토밭에 뿌린 봄날

명부전冥府殿 그늘 아래서

공손한 빛

받아안는다

# 명사鳴砂

떠밀려 오는 것은 견딜 수 없다는 것
균열된 빙하가 한쪽의 시간을 잃고
그 허연, 검은 절벽에 다시 적는 부리들

# 6부

## 저곳으로 들어가는 이쪽의 말

# 첫눈

발끝까지
따라와서
기어이
쓰며드는
천 리를
만 리를
타고 남은
낭연狼煙처럼
흔들고
먼 하늘 바라
뒤척이는
사랑아

# 12월

죄어들던 바람이 불현듯 몰아쳤다
피다 만 꽃잎들은 싸락싸락 말라 있고
낮달이 늦은 그림자를 멈칫멈칫 지운다

설핏 잇댄 조각보를 방향 없이 펼쳐놓고
해종일 만작대다 머리맡에 밀어둔다
오방색 찬란한 길이 무채색이 되어가듯

흔들리며 쓸려 가는 나목들의 집착인가
낱낱으로 흐려지는 낮은 불빛 언저리에
격렬히 소리를 쪼다 멈춰 있는 푸른 고요

## 눈 오는 날

눈 오는 아침에는 까치가 많이 울었다
시간을 휘감아 하늘에 흩뿌리듯
곰삭은 묵은 안부를 목청껏 내보였다

우듬지에 앉았던 그중 몇 마리는
나무보다 더 멀리 동구를 보려는 듯
날개를 가만히 접어 발밑에 두곤 했다

가끔 흔들리는 중심이 불안하여
퍼덕이다 다시 앉은 나무의 시위는
주술에 떠돌던 냉기를 탄성만큼 토해냈다

사라진 밥을 찾는 오랜 습관인 양
내리는 눈만큼 분주함도 쌓여간다

계단을 오르내리며 종일 밖을 내다본다

# 주남저수지

한기가 엄습하는 주남지의 겨울은
보냄이 두려운지 제 몸까지 얼어붙어
조그만 흔들림에도 파열음을 내보인다

지상에 매인 시간, 속절없이 풀리고
붙박인 삶을 거듭 강요하는 갈대들
시린 손 하얗게 닳아도 거둘 줄을 모른다

묵묵히 떠날 때를 기다리는 새들은
습관처럼 부리로 물속을 더듬지만
채우면 채운 만큼씩 헛배도 불러온다

묻어나는 그리움, 별빛에 길을 두고
귀향을 서두르는 부산한 마음 있어
어둠에 눈은 더 커져 그 빛까지 삼킨다

# 겨울을 펴다

차다,
미처 다 보듬지 못한 먼 산이
섞이지 못해 물 위를
어름대는 달빛처럼
고드름
타고 내리는
얼지 못한 물이 차다

웅크린 말들이 역류를
타고 온다
쩍, 쩍, 쩌-ㄱ, 갈라진다
따습게 허물어진다
불씨를
꼭 안고 오는
그림자가 붉다,
붉다

# 태백산 상고대

굳이 말해 무엇하랴
너와 나 먼 거리를
나의 작은 온기도 절벽에나 둘러놓고

온 산이
촉을 내밀어
白衣 한 벌 입는다

더러는 거친 숨이
향기를 베어 물고
저만치 돌아 나와 생피를 뿌리는 듯

아무는
상처 곳곳에
검은 밤이 돌아앉고

설원 가득 아릿대던

바람의 뼈도 녹아
천년의 베틀다리 주목에다 올을 감고

이 겨울
신부를 맞듯
문고리를 붙잡는다

# 오대산 주목

필시, 산보다 먼저 와 서성이다

맨발로 잘근잘근 그리메 밟아가다

곶串 찾아 명징한 눈 감고 모로 누워 있었다

저들이 듣지 못한 소리를 듣던 날

산굽이 물굽이 결박 같은 손을 내어

숨어서 저를 키우려 독경 같은 닻 내렸다

언약을 다 지우려 서리는 내리는가

아무 일 아닌 듯 깊어가는 푸른 중독

밀리는 돛 속 깊숙이 하얀 집을 지었다

# 세한도

가지 끝 순은 자라 더해가는 무게만큼
때때로 붉어가는 산그늘의 깊이만큼
귀향의 눈빛도 깎아 야윌 대로 야위더니

뚜둑뚜둑 꺾은 가지 천애 아래 밀어놓고
아늑한 바람 소리 그런 날이 건너가도
사소한 정한이라도 범접조차 못 할 갈필

태사공도 떨고 있을 성현의 어느 골짝
후벼 판 행간마다 칼끝 다시 벼릴 때면
어느덧 눈발도 잠시 비껴가곤 했었다지

# 조목 선생*

매화 핀 그늘에서
한평생을 놀았네

가득히 실은 달빛
적벽으로 보내도 보고

나비가 꽃을 만지듯
한 글자만 만졌다네

빈 배의 마음이야
돛과 노에 놓아두고

허명虛明**한 방을 찾아
닦고 또 닦은 거울

월천리 쪽물 든 강을
시리도록 비추네

* 퇴계 이황 선생의 제자로 유일하게 도산서원 상덕사에 배향되어 있다.
** 마음자리에 티끌만 한 욕심도 끼어 있지 않은 깨끗하고 맑은 경지.

# 순례

나무야,

내일도 나무일 나무야

어제도 나무였고
오늘도 나무이고

저 깊은 숲의 어둠에서
청동 발을 닦는구나

밀친 기다림을 목 축이듯 끌어당겨

꽃이 간
길 위로 발 내밀어 본 것이냐

꽃마저 다 녹아버린
心經 읽는

나무야

# 가을 감나무

고욤밖에 더는 안 될 자식을
바라보다

꺾어진
가지보다 더 아리게 바라보다

짙푸른 창공을 뚫는 선지 같은
기침 소리

## 무주로 가는 길

무주를 잘못 읽고 말 속으로 들어가다

잠 깬 듯, 비행하는 우주선을 기다렸다

이곳도 무염수태無染受胎를 기억하는 곳인가

저곳으로 들어가는 이쪽의 말들은

내부로 침잠하는 욕망 그 어느 한쪽

꺼내 든 웃음 알갱이가 안개 속에 쌓인다

못 본 것을 느끼기란 얼마나 먼 곳일까

불빛도 맴돌이로 나아가지 못할 때는

부대낀 고해告解의 말로 번져간다 의태어

| 해설 |

# 빙벽의 상상력과 휘발성 언어

박진임 **문학평론가 · 평택대 교수**

"설령 공중누각을 쌓아 올렸다고 해도 모든 것이 허사로 돌아가는 것은 아니다. 그곳이 누각이 있어야 할 곳이다."

– 헨리 데이비드 소로, 『월든』 중에서

## I. 빙벽과 향기

이화우 시인의 시 세계에는 '빙벽'(「빙벽, 3월」)으로 상징되는 단단한 고체의 물질적 상상력과 '증발하는 향기'(「무위사」) 혹은 '휘발'(「페로몬에 관한 기억 – 시」)이라는 어휘에 집약된 기체의 상상력이 중첩되거나 교차하며 나타난다. 상상력의 단단함은 빙벽의 견고한 물질성에 닿아 있고 지향하는 시적 언어는 휘발성 기체에 근접해 있다. 어쩌면 그의 시편들은 그 대조적인 두 상상력의 세계가 팽팽한 긴장을 이루며 펼쳐놓은 공간이라고도 볼 수 있다.

시는 자족적인 언어로 독자에게 말을 걸어와 그 자체의 향기로 독자의 가슴에 스민다. 충분히 독립적인 시 텍스트들을 두고 평론의 이름으로 첨언을 덧붙여보는 시도는 어쩌면 허망한 것일지도 모른다. 그럼에도 불구하고 더러 멋진 옷감 한 벌로 옷을 지어보듯 문학 이론의 가위를 들어 시의 텍스트를 마름질하고 깁고 일부는 잘라 따로 모아보기도 한다. 이화우 시인의 시 텍스트를 처음 접하면서 평소처럼 '이 옷감으로 무슨 옷을 지어볼까?' 하는 재단사의 모습으로 필자 자신을 떠올릴 수 없었다. 오히려 한때 배운 적 있는 테니스가 생각났다. 그의 시편들의 단단한 물질적 상상력은 테니스의 속구를 연상시킨다. 그 공의 이름을 '텍스트'라 하자. 무릇 읽을 만한 평론이라면 군말 없이, 던져진 그 공을 적절한 비평 언어로 맞받아 쳐 네트 너머로 돌려보내 주어야 할 것이다. 빠르고도 매서운 공이라면 그만큼 혹은 그보다 더한 빠르기와 강도로 대응하는 것이 평론가의 임무일 것이다. 그리하여 더욱 단단하고 더 센 힘으로 날아오는 후속 시편의 공들이 이어질 수 있도록 말이다.

이화우 시인은 현대시조단에서 흔치 않게 남성적 목소리를 보여주는 시인이다. 김소월 이래 한국 시를 주도해온 여성적 목소리를 의식적으로 극복하고자 하는 몇 되지 않는 시인이다. 시조단에서는 박기섭 시인이 그 선두에 해당한다고 볼 수 있을 것이다. 그렇다면 이화우 시인은 시 세계에 있어서 박기섭 시인이 대표하는 남성적 기상의 시적 계보를 잇고 있다고 해도 좋을 것이다. 단단한 물질적 상상력은 「도끼」에서처럼 거친 야성의 상상력으로 나타나기도 한다. 「도끼」에 등장하는 "날것이 날것을 먹여"라는 구절을 상기해보자. 이화우 시인이 "날것"으로 대표되는 원시의 순수와 야생의 생명력을 상상력의 한 축으로 삼고 있음을 확인할 수 있다. 빙벽을 오르는 산 사나이의 모습을 그린 「빙벽, 3월」을 보자.

물의 뼈를 두근거리며 안아본 적 있었다

소리를 들어 올려 단단히 나열하던

바람의 굵고 억센 손도 흔들림은 두려웠다

직립은 투사의 영혼처럼 투명하고

뜨거운 갈증으로 차가운 잠도 깨웠으나

격랑은 수평의 법을 이길 수는 없었다

스스로 단애를 삼켜 길을 이미 버렸으니

끊어진 그 어디서 해인海人을 묻곤 한다

때늦은 성긴 눈발이 조문하듯 내린다

–「빙벽, 3월」 전문

물이 얼어 얼음이 될 때 그 얼음으로 이루어진 빙벽을 두고 시인은 "물의 뼈"라고 부른다. 뼈 없이 자유자재로 길을 따라 흐르던 물의 감추어진 뼈가 빙벽으로 드러난 것으로 본 것이다. 물은 세상이라는 물길을 따라 흐르는 것이므로 순응의 은유를 지닌다고 할 수 있다. 그렇다면 물이 그 뼈를 드러낼 때 물은 감추어져 있던 태생적 자존심을 회복하며 본연의 모습으로 돌아간다고 볼 수 있다. "끊어진", "단애", "직립"은 스스로 지녀오던 유동성을 버리고 뼈로 돌아가는 물의 고독을 드러내는 어휘들이다. 물에도 뼈가 있었구나……. 유동적이며 가변적이던 물의 이미지는 얼음으로 변

환되면서 완고하고 단호한 대상으로 전환된다.

"단애"에 이르러 세상의 "길"은 끊어지기 마련인데 시인은 빙벽이 "스스로 단애를 삼켜 길을 이미 버렸으니" 하고 지적함으로써 빙벽의 고독이 자발적인 것임을 재확인한다. 빙벽이 상징하는 것은 절대의 순결과 지조와 고립이다. 수직으로 자신을 지키는 빙벽의 속성은 "차가운 잠"으로 드러난다. "투사의 영혼처럼 투명"한 그 "직립"을 사모하여 그 뼈를 "두근거리며 안아"보는 시적 화자는 빙벽의 존재에 다가가는 흔치 않은 타자의 형상을 보여준다. 빙벽을 오르는 시적 화자는 "물의 뼈"를 안아보았다고 천명한다. 절대의 순수 앞에 "두근거"림과 함께. 물의 내밀한 사연과 그 속내를 아는 시인은 빙벽을 진정으로 사랑하는 시인이다. '알면 사랑하고 사랑하면 알게 된다'고 하지 않던가. 빙벽을 오른다는 것은 죽음을 각오하고 "물의 뼈"를 안으려는 일이다. 사랑의 몸짓이 그러하듯 공중누각을 쌓아 올리는 일이다. 쌓아도 쌓아도 결국은 무無로 돌아갈 것을 미리 알면서도 쌓기를 멈추지 못하는 운명적인 것이다. 그렇듯 산을 오르는 사람에게 있어 최후의 도전은 빙벽을 오르는 일일 것이다. "두근거리며" "물의 뼈"를 안고 무無를 향해 가는 사랑의 역사를 이루는 일이다. 어느 곳에도 이를 수 없는 그 불가능의 여정을 두고 시인은 노래한다. "흔들림은 두려웠다", "격랑은 수평의 법을 이길 수는 없었다"……. 공중에 누각을 쌓는 일, 쌓으려는 시도 그 자체가 목적이 되는 일! 산을 오르는 것도 사랑하는 것도 공중누각과 마찬가지 일이다. 현실의 유불리有不利에는 등을 돌리고 가슴속 깊은 곳에 자리 잡은 순수를 찾아가는 일이다. 3월, 서설이 축복인 듯 날아 내리는 시간, 빙벽 앞에서 시인은 "성긴 눈발"의 "조문"을 받고 있다. "투사의 영혼처럼 투명"한 "직립"의 "빙벽" 앞에서 문득 삶과 죽음의 경계가 흐려지고 우리 사는 세상이 거대한 한 채의 공중누각으로 변하는 장면을 보고 선 듯하다.

유동적인 액상의 물 이미지 너머 빙벽으로 현현하는 "물의 뼈"를 노래하는 시인의 상상력은 침묵하는 것들의 숨은 속내를 읽는 시도로 연장된다. 「돌의 노래」를 보자.

눈으로 더듬던 흔적들을 묻을 듯이

빛 없이 남겨진 처절한 저 웅크림

무시로 드나들던 그대 그 위에 귀를 대다

벽이, 벽을 보고 거두어 간 말들이며

등이, 등을 돌려 가늠 못 할 거리까지

돌아선 그 손들 잡아 고삐 넌짓 던진다

몸 열어 붉게 우는 심장 하나 움켜쥐고

이승에 남아 있을 마지막 변주가로

적소의 한 자락 끝에 추를 깊이 내린다

—「돌의 노래」 전문

빙벽과 단애로 드러난 고립의 정조가 「돌의 노래」에서도 다시 드러난다. 돌의 침묵을 두고 "빛 없이 남겨진 처절한 저 웅크림"이라고 시인은 노래한다. 홀로 단단히 굳어 무심한 듯 존재하는 돌의 형상을 "웅크림"과 "빛 없이 남겨진"으로 읽는 시인은 더 나아가 "벽이, 벽을 보고 거두어 간 말들이며"라고 노래한다. "벽" 또한 단절의 심상을 드러내는 대상이다. 단절된 "벽"이 한층 더 깊은 단절의 "벽" 앞에서 그나마 남아 있던 "말들"을 "거두어" 갈 때 바위의 등장을 보게 된다고 시인은 노래한다. "등이, 등을 돌려 가늠 못 할 거리까지"에 이르면 그 단절과 고립이 심화된다. 바위의 침묵을 형상화함에 있어서 "등"을 보이고 돌아앉은 사람으로 의인화한 것이다. 등과 등 사이의 "거리"가 "가늠 못 할" 정도로 멀어진 곳에 돌의 침묵이 놓여 있다. 돌에겐들 "심장"이 없을 수야 없겠지만 "붉게 우는 심장"조차 "움켜쥐고" 돌은 침묵을 지켜가고 있는 것이다. 돌의 고립은 공간으로는 "적소"를, 시간으로는 "이승"의 "마지막 변주가"로 형상화된다. 이화우 시인은 빙벽과 돌로 상징되는 고형의 물질들, 그 무심에 유념한다. 그 굳어진 물체들의 내면을 세밀히 살펴 깊이 감추어진 "심장"의 노래를 옮긴다.

그래서 시인은 물소리조차 새로이 해석한다. 물의 소리가 아니라 "돌의 절규"가 물소리라고 노래한다. 단단한 돌의 오기가 물에 저항할 때 물소리가 탄생한다고 본다. 흐르는 물이란 단지 "복사꽃 짙은 그늘"이나 "끌고" 갈 뿐이라고 주장한다. 그 돌의 이야기를 교훈 삼아 시인은 돌을 닮아간다. 돌의 침묵을 숭상하며 "소리를 질끈 매달고 / 나는 다만 함묵할 뿐…"이라고 결심한다.

우리가 흔히 말하는
물에는 소리가 없다
새벽녘 냇가에서 듣는 소리, 저 소리는
돌들이 물을 향하여

항거하는 절규다
(…중략…)
소리를 질끈 매달고
나는 다만 함묵할 뿐…
물들이 끌고 가는
복사꽃 짙은 그늘
아득한 깊이로 깎이고 뒤섞이듯
건너온 보도블록 같은
저 물에는 소리가 없다
―「물에는 소리가 없다」 부분

바위의 넋을 기려 산과 들을 누비는 시인의 정조는 「치술령에서」에 이르면 절규의 목소리로 변화하여 나타난다. "한 세월을 잊"은 채 "매운 넋"을 지닌 바위 앞에 다시 서며 시인은 울부짖는다. "말을 하라, 바위여"라고.

생각의 문을 여는 지명 하나 달랑 메고
촉지도 읽어가듯 더듬더듬 그 산에 들면
매운 넋 바위에 들어 한 세월을 잊더구나

목숨이 의연하면 바다도 출렁이나

가으내 눈이 붉어 숙연해진 산자락
구절초 꽃등을 달고 조문 하듯 엎드리고…

민달팽이 한 쌍이 도반이듯 길을 가다
물끄러미 바라보는 저 너머 니르바나
미물도 그 길을 아는가 말을 하라, 바위여
—「치술령에서」 전문

그러나 시인의 상상력은 단단한 것들에만 묶여 있지 않다. 역동적이고 다층적이다. 한편으로는 굳어 앉은 것들의 물질성을 분석하면서도 다른 한편으로는 휘발성의 물질을 통한 승화에 주목한다. 향기를 붙들어 정의할 수 있는 자가 있는가? 향기란 단연코 존재와 부재 사이의 포착하기 어려운 한순간에 현현하고는 자취도 없이 사라지는 것이다. 향기는 그래서 기억 속에 더욱 선명한 존재일 것이다. 난의 향기를 맡아본 이는 알리라. 페로몬 향기의 경험 또한 그러하리라. 포착하기는 어려우나 천지간에 만연한 것, 잡으면 바로 터져버리는 비눗방울 같은 것……. 향기만 그런 것이 아니라 시 또한 그러할 것이다. 미묘하게 존재감을 드러내고는 이내 사라져버리려 드는 것이 일상어가 아닌 시의 언어라 할 수 있다. 이화우 시인은 꽃과 나비와 페로몬의 향기,

그 속내를 시로 쓴다. 부제가 "시"인 것도 기막히다. 휘발성 물질들의 특징과 휘발성 언어의 속성, 그 둘 사이의 공유 항을 고스란히 포착한 시편이 「페로몬에 관한 기억－시」이다.

꽃 속
나비 두 마리

각각이 안달이다

나의 언어는
밤꽃 가루

은유의 꽃술을 달고

무시로
스치는 휘발

깊은 샘을 유혹한다
－「페로몬에 관한 기억－시」 전문

시인은 자신의 언어를 "밤꽃 가루"라고 부른다. 페로몬 향기처럼, 밤꽃 향처럼 "무시로 / 스치는 휘발"성의 언어이기 때문이다. 스쳐 가는 것, 휘발하는 것, 그래서 고정 불가능한 것이 향기이며 시어이다. 포획하기 어렵기에 더욱 "유혹"적인 것인지도 모른다. "은유의 꽃술"과 "밤꽃 가루" 시어로 빚어지는 시편들은 "깊은 샘"의 유혹으로 독자를 이끈다. 꽃과 나비와 페로몬, 모두 성적인 유혹의 은유이다. 그의 시편들 저변에 깊이 드리운 에로스의 은유를 발견하는 것도 무리는 아니다. 「컬러링」은 휘발성의 언어가 음악소리를 매개로 다시 드러나는 시편이다. 페로몬의 추억에 드러난 향기의 이미지보다 성적인 유혹을 더욱 강하게 드러내는 시편이다.

귀로 듣는 애무는
이렇게 감미로운가

꽃으로 가려놓고
말을 막는 저 四分閣

알몸은

절

벽
을 잡고

閨房 앞에 서 있다
—「컬러링」 전문

"애무" "알몸" "규방"을 통하여 우리는 시인의 상상력의 근원에 에로스적 욕망이 자리 잡고 있음을 확인한다. 그 욕망의 발현 방식이 기상천외하다. 휴대폰이라는 소통의 기구, 그 기구에 구비된 기능으로서의 컬러링이 매개하는 묘한 1분간의 대기 시간을 시적 재현의 대상으로 삼고 있다. 우리가 일상에서 흔히 접하면서도 무심히 당연하게 넘기던 사소한 것들이 이화우 시인에 이르면 시의 원천으로 변모한다. 폭넓은 상상력의 시공간을 열어젖힌다. 휴대폰에서 "규방"의 이미지를 떠올리는 상상력은 참으로 어이없을 정도로 대담하다. 규방이라면 조선시대 양반 여성의 거주 공간을 이르는 것이 아니던가? 컬러링은 통신 서비스 중 하나로 수신자가 전화를 받기 전에 발신자가 대기하는 동안 듣게 되는 음악 또는 어떤 소리이다. 소통에 대한 확실한 거절도 아닌 것이, 그렇다고 직접적인 소통에의 동의도 아닌 것이 그 미묘한 컬러링의 짧은 시간대이다. 소통의 가능성과

불가능성을 동시에 상상하게 만드는 것이면서 더러는 소통의 희열을 더욱 갈망하게 만드는 것이 컬러링의 기능이다. 거절과 수락 사이의 미묘한 긴장의 짧은 시간이 시적 화자의 욕망을 달군다. "알몸"으로 "절 / 벽 / 을 잡고" 서게 만든다. "규방"으로 상징되는 금남의 영역을 침입할 예외적 존재로서의 자신을 음악 소리에 투사하면서……. 컬러링이 "귀로 듣는 애무"로 전환되고 "꽃으로 가려놓"은 장치가 된다. 시적 화자는 말을 잃은 채 긴장의 짧은 시간을 체험하고 서 있다. 페로몬 향기와 컬러링 음악 사이, 그 거리는 겨우 한 뼘이다.

## II. 씨의 시와 허명虛明의 삶

그렇듯 이화우 시인은 쉬이 증발해버리곤 하는 찰나를 포착하여 시로 빚으려는 시인이다. 붙잡아 고정하기 어려운 것들, 즉 향기와 짧은 컬러링의 미묘한 뉘앙스가 그의 시적 언어로 재구성되는 것은 그런 까닭이다. 공간상으로는 적소를, 시간상으로는 덧없는 순간을 지향한다. 일상의 무게에 짓눌리지 않고 불필요한 것들의 수식을 걷어내고 단순하면서도 요긴한 것들만 추려 시로 승화시킨다. 시조라는 장르를 선택한 것도 가려지고 걸러진 알맹이의 언어로만 빚어지는 것이 시조이기 때문일 것이다. 식물의 꽃은 아름답고 잎은 싱그러우나 생명의 핵심은 그 씨앗에 있다. 대를 이어 다시 꽃 피우고 잎 낼 수 있는 무한한 가능성의 잠재 태, 그러나 그런 까닭에 가장 작아지고 단단해져야 하는 것이 씨앗이다. 간추려진 말들이 열어 보일 무한한 세계, 그 드넓은 가상 세계가 한 편의 시라면 그 한 세상을 품는 시어들은 또 다른 의미의 씨앗이다. 이화우 시인의 시 철학이 가장 분명히 드러난 시편, 「씨」를 보자.

모든 씨가 작다는

말

농부에게 들었다

뿌리기도
묻기도
간수하기도 쉽다고

그 말을

다

듣고 나서

말을 줄여 나갔다

—「씨」 전문

씨는 작아서 "뿌리기도 / 묻기도 / 간수하기도 쉽다". 시에 있어서는 시조의 축약된 시어들을 씨앗에 대비해볼 수 있을 것이다. 그래서 시조는 "읽기도 외기도 노래하기도 좋다"라고 다시 써도 좋을 것이다. 시인의 전언은 시의 내용만이 아니라 형식에도 깃들어 있다. 「씨」 시편에서 시인이 공들여 이룬, 시조 형식의 해체를 눈여겨볼 필요가 있다. 전통적인 행의 배열 방식(3행과 6구)을 버리고 시인은 자유시처럼 시어들을 의도적으로 재배치했다. 행간의 빈 공간도 적절히 쉬어가면서 읽으며 앞줄의 의미를 되새김질하라는 주문으로 보인다. 그리고 무엇보다도 외자로 한 행을 이룬 부분이 흥미롭다. "말", "다"는 각각 한 자 어휘로 한 행을 이룬다. 그 어휘에 강조점을 찍으며 오래 깊이 새겨보라는 의도에서일 것이다. 결국 "말"이 "씨"의 등가물임을 형식 자체를 통해서도 시인은 보여주고 있는 것이다.

버리고 줄여서 "씨"가 될 말과 그처럼 단출한 삶에 대한 지향이 시 세계를 이루고 있는 시편으로 「조목 선생」을 들 수 있다.

매화 핀 그늘에서
한평생을 놀았네

가득히 실은 달빛
적벽으로 보내도 보고

나비가 꽃을 만지듯
한 글자만 만졌다네

빈 배의 마음이야
돛과 노에 놓아두고

허명虛明한 방을 찾아
닦고 또 닦은 거울

월천리 쪽물 든 강을
시리도록 비추네

—「조목 선생」 전문

씨에 생명체의 가장 소중한 것만 응축되어 들어앉듯 한 인간의 삶 또한 벼리고 갈고 닦노라면 하나의 감탄사 같은 이름만 남고 사라지게 되리라 이르는 시편이다. 퇴계 이황 선생의 그늘에 가리어 있던 이름 하나를 시인이 새롭게 찾아 비추는 것은 그 삶이 한 올 씨앗처럼 다가왔기 때문일 것이다. "나비가 꽃을 만지듯 / 한 글자만 만졌다네" 구절에 등장하는 한 글자는 "씨"의 다른 이름일 수도 있다. 삶의 군더더기를 줄여나가 작아진 이름 하나가 "거울"처럼 맑은 사연을 그리며 "월천리 쪽물 든 강"에 그 거울 같은 인생을 되비추어 기린다. 삶의 향기가 어려 더욱 맑아진 강물이 "시리"다. 차고 명징한 진리의 현현을 "거울"과 "강"의 이미지로 실어 나른다. "매화" "그늘"과 "달빛" 동반하고 "월천리" 강물에 달 뜨듯 둥실 뜬 선비의 이름, 그 향취가 언뜻 스쳐 간 난향처럼 은은하다. 허명虛明을 마주하는 허주虛舟조차 무색하다. 선비들이 흔히 즐기던 허주, 즉 빈 배의 은유를 시인은 감상주의의 수식어로 강하시킨다. 조목 선생이라는 숨은 존재의 고매한 삶 앞에서 낭만조차 무색하게 만든다. "빈 배의 마음이야 / 돛과 노에 놓아두고"라고 노래하지 않는가? 오로지 "씨"처럼 야무지고 옹골차고 단단해야

하는 것이 시인이 기리는 삶이요, 시라 할 것이다.

### III. 질주와 무위의 삶

이화우 시인의 시편에 다양한 모습으로 등장하는 시적 소재와 주제들은 우리 삶의 사진첩이 여러 겹임을 보여준다. 그러나 부연하건대 빙벽과 향기로 드러난 대조적인 상상력은 이화우 시인의 시 세계의 대조적인 두 축을 설명한다. 한편으로 시인은 덧없는 삶을 살아가는 방식으로 질주나 산행을 택하기도 한다. 빛을 향해 질주하는 순간만이 삶의 의미가 되는 하루살이의 열정을 노래한 시편이 「하루살이」이다. 「길」에는 "시"의 "길"을 모색하는 산행 모티프가 등장한다. 다른 한편으로 시인은 우리 유한자의 삶에 깃들었다 문득 스스로를 드러내는 은은한 아름다움들을 한 폭의 수채화처럼 그려낸다. 더없이 고요하고 적막한 삶의 아취를 그린 시편들이 그것이다. 먼저 「하루살이」를 보자.

나는 지금 편도 4차선 도로를 질주한다

속도는 이미 한계치를 넘어섰다

빛으로 하얗게 퍼진 동공 속에 길이 있다

질주는 빛의 성을 지키기 위한 수단이다

누군가 팽팽히 당겨놓은 길을 따라

일탈도 그 속에서는 주검처럼 누워 있다

삶은 박제가 아닌 뒤섞인 울음이다

빛 속으로 머리를 박는 저 막막한 행위들

하루를 애써 지키고 간 거역 못 할 굴레다

—「하루살이」 전문

흔히 불을 향해 덤벼드는 부나비의 무모한 몸짓은 우리 삶의 '허무'를 그려내는 유용한 매체로 사용되어왔다. '하루살이'는 그래서 가장 진부한 문학적 상투어, 클리셰cliché로 치부되어왔다. 이화우 시인은 그 하루살이의 의미를 탈영토화하고 재영토화하는 창의성을 보여준다. 빛을 향한 하루살이의 맹목적인 질주와 투신을 가장 강렬한 삶의 장면으로 읽고 있다. “빛 속으로 머리를 박는 저 막막한 행위들”과 “질주는 빛의 성을 지키기 위한 수단이다”를 보라. 유미적인 시어와 이미지를 모두 제거하여 실존주의 철학자의 선언문으로 읽히는 구절이 아닌가. 더 나아가 “삶은 박제가 아닌 뒤섞인 울음이다”에 이르면 하루살이의 삶이 가장 치열하고 진정한 삶이라고 이르는 역설을 마주하게 된다. 질주할 운명을 타고났기에 질주의 하루를 살고 “빛으로 하얗게 펴진 동공 속” “길”을 가는 것! 이제 결국 시인이 처음부터 자신을 하루살이와 동일시한 것이 낯설지 않게 된다. “나는 지금 편도 4차선 도로를 질주한다 // 속도는 이미 한계치를 넘어섰다” 죽음을 충분히 예감하면서도 죽음을 향해 질주하는 것, 유한자로서의 인생이 장엄하게 펼쳐지는 장면이 아니고 무엇이랴. 하루살이의 인생이라면 질주밖에는 달리 길이 없다. “누군가 팽팽히 당겨놓은 길을 따라” 함께 질주할 따름이다. 창조주가 짜놓은 프로그램의 그 궤적을 따라…….

이제 「하루살이」와는 대조적인 시편들, 서정성의 물감으로 곱게 그려진 삶의 장면들을 살펴보자.

한잠 자고 나면 동백은 지고 있겠지

후드득 후렴처럼 해는 이미 넘어가고

일 없는 현수막 같던 집이 간간 펄럭인다

일찍 지는 꽃 사이로 서럽게 울던 새가

증발하는 향기를 산그늘에 덧댄 하루

담백한 산벚나무가 여백으로 들앉는다
—「무위사」 전문

다시, 증발하는 향기를 포착하려는 몸짓인 듯 시인은 할 일 없이 고요한 산마을의 한순간을 아름답게 그려낸다. "새" 울음소리로 청각성을, "증발하는 향기"로 후각성을 삽입하면서 여백에 산벚나무 한 그루를 배치하여 풍경화를 완성한다. 스며들어 무위의 시간을 누리고픈 꿈을 꾸게 한다. 하루살이처럼 질주하도록 운명 지어진 우리 삶의 한 가닥 위로라 해도 좋을 것이다. 그 고요의 풍경화가 확장된 시편으로, 혹은 그 그림 속 풍경 더 깊숙이 찾아들어 간 곳에서 '선경仙境'을 발견할 수 있다.

봄물은 산 밖으로 가는 것이 제, 일인 듯

세 평 하늘 돌고 돌아 손님처럼 오는 기차

굉음도 시계추 만지듯 곰곰 세는 것일까

기다림의 정수리에 이미 오른 노부부는

긴 사래 앞에 놓고 다른 꿈을 보았는지

저 멀리 손 흔드는 것도 일만큼 야무지다

안內에서야 의례로 흔들던 행위지만

기차도 기찻길도 봄꽃처럼 짧고 짧다

범나비 부전나비가 되고도 없이 날아간다

—「선경仙境」 전문

한편, 「바지랑대를 갈다」와 「감자를 깎다가」 시편에 이르면 이화우 시인은 우리 삶의 모든 장면이 각각 한 편의 시라고 이르는 듯하다. 빨래를 거는 바지랑대에서, 청년에서부터 노년에 이르는 인생의 과정을 시인은 읽어낸다. 청운의 푸른 꿈을 상징할 만한 젊은 청년을 새로 자른 대나무 관절에서 찾는다. 닳아 교체해야 할 관절로 표현되는 노년의 삶도 그 바지랑대의 일생에 깃들어 있었음을 또한 보여준다. 「감자를 깎다가」에서는 감자의 눈을 베는 일 하나도 제사를 드리듯 경건해야 할 것이라고 이른다. "양을 잡을 때는 바람 없는 곳에서 / 단시간에 보내주는 유목민을 본 적 있다"라고 노래한다. 그리하여 먹이사슬 속에서도 생명을 대하는 경건한 자세를 잃지 말라고 타이른다.

> 늙어서 놓여나는 고비사막 낙타는
> 쓸쓸하게 보여주던 등을 안고 떠나갔다
> 극진히 해를 지던 너도 이제는 놓아주마
>
> 코뚜레를 꿰는 날 그해 막 해를 채운
> 순하게 푸름에 취한 대나무를 베어 끌고
> 히뜩이 젖은 눈 떼어 바람 앞에 건넨다
>
> 누구를 위하여 휘어지게 지던 짐이
> 바람으로 우려져 어떤 날은 가벼웠고

넉넉히 부린 마당은 품이 넓어 좋았다

이제는 제 몸도 지탱하기 버거운지
놓아도 멀리 못 간 퇴행성 관절들이
마지막 공양을 드리는지 그림자가 기웃하다
—「바지랑대를 갈다」 전문

다양한 이미지의 변주에도 불구하고 그의 시편들에 거듭 등장하는 것은 생명의 긍정이며 생명 가진 것들과 함께 나누는 정이다. 마지막 공양 이후에도 삶은 지속될 것이다. 꽃진 자리에도 세월 흘러 다시 봄이 오면 꽃은 새로이 피어나고 때 되면 고목에도 움은 돋아올 것이다. 그런 생명의 순환을 다시 기리며 「움돋이」에서 이화우 시인은 새로이 돋아나는 움을 "영혼 밖의 영혼"이라 부른다. '차마 떠나지 못할' "한 줌 사랑"이라 노래한다.

그래도,

차마

이승을 두고 못 떠나는

영혼 밖의 영혼이 또 거기 있었던가

아직도 흔들지 못한

한 줌 사랑

남았던가
—「움돋이」 전문

빙벽과 바위가 표상하는 견고하고 중후한 삶의 교훈을 재현하면서도 향기와 같은 순간의 감각을 포착하려는 지난한 노력이 결합되어 이루어진 그의 시편들은 매우 독특한 성격으로 현대시조단의 한 자리를 차지하고 있다. 쉬이 고정되지 않는 상징과 은유를 찾아가는 그의 매혹적인 시어들이 다음에 이를 곳은 어디일까 궁금하다. "아직도 흔들지 못한 // 한 줌 사랑"의 흔적 혹은 그 기록을 두 손 모으는 자세로 기대한다.